惠源祥 著

种梦

李发模 厚 夫 朱 鸿 马玉红
穆 涛 成 路 尚飞鹏
联袂推荐

陕西新华出版
太白文艺出版社·西安

图书在版编目（CIP）数据

种梦 / 惠源祥著. -- 西安 ：太白文艺出版社，2025. 1. -- ISBN 978－7－5513－2856－2

I. I227

中国国家版本馆 CIP 数据核字第 2024FS6633 号

种　梦

ZHONG MENG

作　　者　惠源祥

责任编辑　付　惠　杨钰婷

封面设计　大奥文化

内文插图　朱亚莉

版式设计　大奥文化

出版发行　太白文艺出版社

经　　销　新华书店

印　　刷　武汉怡皓佳印务有限公司

开　　本　710mm×1000mm　1/16

字　　数　120 千字

印　　张　11

版　　次　2025 年 1 月第 1 版

印　　次　2025 年 1 月第 1 次印刷

书　　号　ISBN 978－7－5513－2856－2

定　　价　68.00 元

联系电话：029－81206800

出版社地址：西安市曲江新区登高路 1388 号（邮编：710061）

营销中心电话：029－87277748　029－87217872

作者与著名作家、诗人曹谷溪合影

不惋惜，不呼唤，我也不啼哭，
一切将逝去……
如苹果花丛的薄雾，
金黄的落叶堆满我心间——
我已经再不是青春少年。

——［俄罗斯］叶赛宁

序　让写作回归本真

一

鲁迅先生说，创作源于爱。

我想，这不是狭义自私的爱，而是一种深邃广博的爱。这也不只是对写作的爱，对亲友、爱人的爱；更是对自然与社会的爱，对人间的爱，以及一种对待生活的态度。

二

写作，其实是认知与情感的需要，是对自我精神的开拓。这种开拓对别人来说也许无关紧要，而对自己却不可或缺，就如一片宽广的天地！

三

写作是一种责任，一种良知。但不论作家怎样变换他的写作方式，一切的写作最终都回归于人，回归于人性。

四

写作亦是一种探索，一种挑战。

这就像高山峡谷中聚在石缝间的泉眼。如果泉眼连冲出石缝的勇气都没有，那么它绝不会有冲出山谷的可能，更不会成为江海！

五

然而，写作又并非一定要有成为大海的雄心。别样的写作就有别样的风景。

小溪潺潺，芬芳迷人；

湖泊澹澹，云影徘徊；

大河滔滔，乱石穿空；

江流滚滚，惊涛拍岸；

汀洲萋萋，蒹葭杨柳；

……

六

如果一个作家，他的写作里缺少了诗意，那么有两种可能：一是他真的老了，江郎才尽；一是他至今还不明白什么是写作！

七

我不认为从事写作有什么了不起。事实上，写作本是十分普通的事。只是随着社会的发展，有人把它越来越精细化了，抬举得越来越高了。

古时候的农人下地干活，累了，他就可能发出感叹来：啊，我真累呀！

可是今天说的是“我真累呀”，明天后天，一天天都如是说，他就会觉得太单调，于是想着能不能换一种不同的说法。时间长了，说得更美了，也就形成了类似于诗的东西，之后就变成了文艺。

八

现在有人把写作抬上了神坛，捧得很高，将一切凡人拒之门外；也有人把写作挂在了嘴上，并因写作赚得很大，将自己的钱袋装得鼓鼓的；有人把写作放在了尻上，觑得很色，将人之性欲吹为至美；也有人把写作踩在了脚下，将其看得很贱，将所谓文艺视为粪土。

其实，我们对待写作需有一种平常的态度，把它放在心上，不高不低就行，不偏不倚最好！

九

目前，我们的写作似乎少了些爱意，而多了些杂质，于是也就少了些美。

因此，我们写作的目的之一，是让写作还原到本真状态，让写作真正与生活相融，充满人性的气息，充满爱的气息，这样也就充满了美的气息。

惠源祥

2018 年 12 月 28 日　延安三羊书屋

目　录

附　录

1　一串歪歪斜斜的脚印

我不相信自己永远是孩子
可生活说：是
我生气地离开了她

途中的酸辛啊
一言难尽
我只走了几步
但泥泞的路上
已深深地烙下了
一串歪歪斜斜的脚印

看
还是孩子
这又是一串歪歪斜斜的脚印

2012 年 11 月 25 日　吕梁

2　别了，我的大学时代

又将要坐车了
依然是有人上来
又有人下去
人生就像乘车
上了车
终究有要下去的时候

如今，到站了
是该下了
是到了离别的时间
然而，我要下到何方？

下一站
我的下一站啊
我不知道的未来

我只知，这一站
是大学
是青春
是没开的花儿

是的，到离别的时候
我只能告别
此外我无能为力

别了，我的大学时代
别了，我的青春时代
别了，我心中唯一的你！

2011 年 7 月 31 日　江西吉安

3　别再因为失意而悲伤

别再因为失意而悲伤
心儿怀有的该是梦想

别再因为失意而悲伤
如果生活真的带给你创伤
也无须伪装
那就痛哭一场
然后坦然地笑

别再因为失意而悲伤
心儿拥有的只有坚强

别再因为失意而悲伤
生活原本就不是天堂

2012 年 10 月 29 日　吕梁

4 我企盼着

清晨的风柔和而润人
透迤的山间有朵迤逦的云

啊，你是那样的娴静而又轻灵
我的心不禁滚烫了起来

我痴痴地企盼着
企盼着能与你一同
与你一同透迤在那清晨的山间

2012 年 10 月 27 日　吕梁

5　吕梁的天空飘起了雪

昨夜的雪真大！
清晨起来后一看
雪依旧在下
一直到晚上才停歇

我喜欢这样大气的雪！
微风拂过时
她从从容容地亲吻着大地
飘飘又洒洒
狂风掠过时
她自自在在地飞舞于天地间
纷纷又扬扬

我喜欢这样大气的雪！
喜欢她那从容落地的姿态
以及那漫天飞舞的风采！

如果我的人生中也有冬季
那么就下一场这样的雪
做一个从容而洒脱的人
飘飘又洒洒
纷纷也扬扬！

2012 年 11 月 3 日　吕梁

6　崖间的酸枣树

巍峨的山巅荒无一物
举目可见的只有一线的天
还有一棵不满七尺的酸枣树

山腰傲岸的白杨瞥见了
“你身上没有一截
是直直正正的，没用！”

河边娇滴的柳树也看见了
“你永远都不会有
像我这般苗条的身姿，可怜！”

田间的花开了又凋落
地上的草荣了又枯萎
杨柳也被遒劲的北风脱光了衣服
高高的枝头一丝也不挂

而那棵崖间的酸枣树
却依然矗立
上面结满了酸涩的果

此刻，它正沉默
心里暗暗地想
我要结自己的果
就不需要像杨柳

2012 年 11 月 1 日　吕梁

7　那是我最爱的四月

暮春也不剩那么几刻了
无垠的田野上
早已弥漫着醉人的芬芳

可山间的草木
还抵着微微的凉意在想
我要把自己的花儿
绽放在那最美的四月

虽然她姗姗来迟
但那是我最爱的四月

2012 年 11 月 11 日　吕梁

8　我是一棵蒲公英

我深爱着故乡
但依然飘向了远方
为了那不可忘却的梦
为了这无以安歇的心
……
我是一棵蒲公英！

2012 年 11 月 20 日　吕梁

9　人生就是这么的迷离

人生就是这么的迷离
我原本想笑着生活
可总是笑不起来

人生就是这么的迷离
我原本想遇见的会是她
却无意间遇上了你

人生就是这么的迷离
我原本只是想
能存活于人间
却发现自己
已半死在地狱

2012 年 11 月 7 日　吕梁

10　昨夜，我梦中的女孩

有人问：昨夜
你梦中的女孩是什么样
于是，她
又浮于我的心上

长长的柔发下一个轻灵的身影
你纤纤的细手间一纸洁白的书页
那是一本《贾平凹》

昨夜，我梦中的女孩呀
她又浮于我的心上

飘飘的柔发下一个秀美的身姿
你娉娉的双膝间一纸泛黄的书页
那是一篇《金色花》

昨夜，我梦中的女孩啊
她又浮于我的心上
带着迷人的芬芳
又浮于我的心上
……

2012 年 11 月 22 日　吕梁

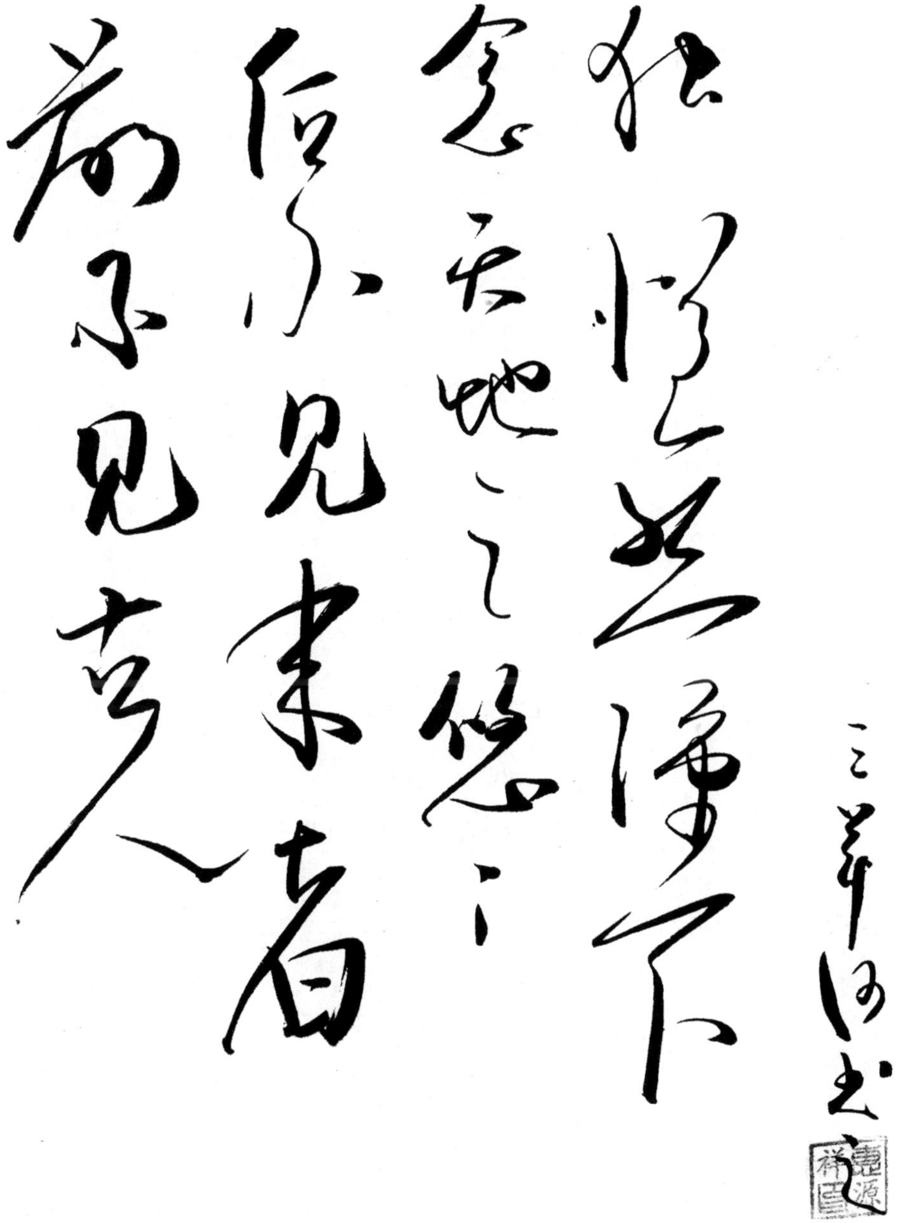

三羊河书法 1

11　爱你爱到第十一个月

如果我的人生只有十二个月
我要，爱你
爱你爱到第十一个月

余下的一个月呢
那时
我还没遇见你

如果我的人生有那么一个你
我要，爱你
爱你爱到第十一个月！

2012 年 11 月 27 日　吕梁

12　我是一朵忧伤的云

人们说
我在天空的样子很美
但是
我的心里充满了忧伤

一颗向上的心始终不变
到头来还是在地上

我是一朵忧伤的云
……

2012 年 12 月 4 日　吕梁

13 大海的烦恼

所有人都赞我心胸宽广
我并没有那么的高尚

其实
我也像小孩一样
有时乖顺，有时痴狂
快乐时，热情奔放
烦恼时，一脸忧伤

不要对我有太高的期望
我只想做
真实的自我

2012 年 12 月 8 日　吕梁

14 明天又是一个迷茫的开始

什么是生活
就是生下来想尽办法活着
然后在某一天死去

明天又是一个迷茫的开始
长长的街市上
依旧会人来人往

明天又是一个迷茫的开始
梦
我该如何存在?

2012 年 12 月 8 日　吕梁

15 荣 誉

一旦我落在了某人的头上
他就会欣喜若狂

可有谁知道
我只是这么随意地一落
其实，他还是原来的他

2012 年 12 月 8 日　吕梁

16　兵马俑，你一句话也没有说

兵马俑啊

是谁

让你

一句话也不要说的

兵马俑啊

你一句话也没有说

却向世界宣告了

这

就是秦国！

2012 年 12 月 12 日　吕梁

17　秦始皇

与上天相比
我只是一只落地的雄鹰

一直以来就有一个志向
让六国都成为秦的疆域

不要对我扯什么功过是非
是好是坏
连上苍都无法度量

我只是顺着生活的路在走
顺着大局的路在走
做了一个横扫天下的帝王

2012 年 12 月 12 日　吕梁

18　时　间

你太少了，人们说忙碌
你太多了，人们又说无聊

其实，你并没有过错
难缠的是人
以及那些莫名其妙的心

2012年12月30日　吕梁

19　等　待

似乎每一天

我都有一种莫名的期待

期待一个别样的未来

信心满怀

然而，当黎明又一次叩醒了窗台，

我的心不禁一颤

原来我还是在旧地徘徊

人生有太多的无奈

而我依然在等待

……

可我到底在期待什么？

2013 年 1 月 10 日　吕梁

20　每一面旗子都有一颗共同的心

一

无论我身在何方
那都是一种导航

二

风指向哪里
我便去往哪个方向

三

别看我总是随风飘扬
但是我可以给你指明走向!

2013 年 1 月 10 日　吕梁

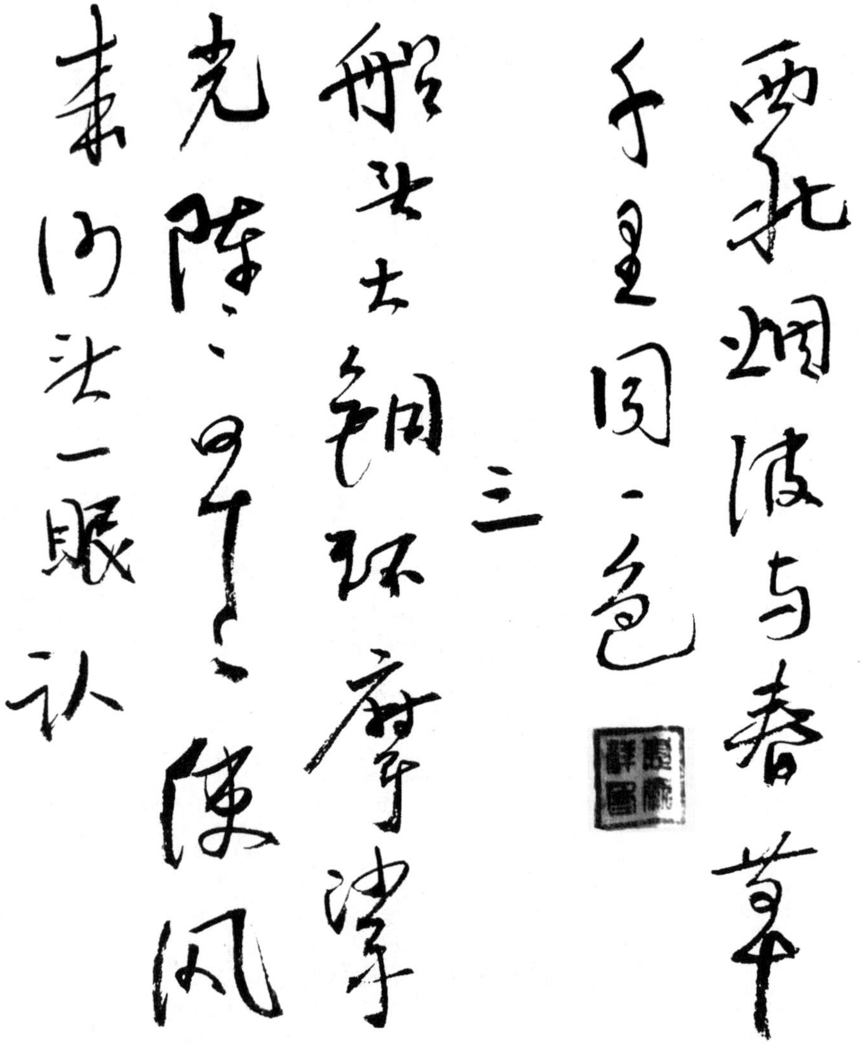

三羊河书法2

21 种 梦

把自己的梦种在春天里！

如果现在就是秋天

你最想收获的是什么？

2013 年 1 月 12 日　吕梁

22 野 草

只要有土
我就会尽情地生长！

绿就是我的爱
她是我梦中的女孩
……

2013年2月16日　吕梁

23 荒 芜

只因我活在
一个又一个混沌的今天
所以
我失去了思忖明天的能力

难道我已经麻木
但有一个事实
我的心已一片荒芜

2013 年 2 月 27 日　延安

24 题青年节

许多时候都像云

浮一浮就过去了

譬如青春

而那个人

还痴痴地望着天空

……

2013 年 5 月 4 日 延安

25　雨在这个季节里并没有下

静寂的荒原上荒无一物
除了那满川飘摇的枯草

荒原也有雨季
只是，雨在这个季节里并没有下

而倔强的她仍然翩翩起舞
虽然，雨在这个季节里并没有下

静寂的
荒原干涸了
而枯草依旧

2013 年 7 月 5 日　子洲

26 九章：大自然也恋爱了（组诗）

一、燕子与北方告别

为了生存，我又开始奔波

踏上了南去的路

啊，亲爱的人哪！

请你别再悲伤

离开你，为的是来年

我还能活着，更深地爱你

……

二、天，又下起了雨

天，又下起了雨

而我却看不见那一把蓝蓝的伞

和伞下那一个甜甜的你！

茫茫的阴云下

蒙蒙的细雨

唯有一条长长的街

……

三、雷与闪电散步

每当大雨来临之际
我们俩总会撑起一把伞
在天街上漫步、祈求——
祈求我们的爱能轰轰烈烈！

四、云问太阳

自从世界有了你，
我的心就一直悬在空中！
我为你从地上飘到了天上
却发现你我之间的距离
仍然是这么的远！
我在心里不停地发问：
你的心里到底有没有我？

五、风与树的对话

凉爽的微风一阵阵吹来
树说，你骗人
我怎么看不到你的爱？
风说，我的爱化在了
你每一片叶子里
……

六、露水在流泪

就为那无情无义的云！

每天清晨

我总是伏着身子在草叶上

泪眼汪汪

……

七、雪与梅花接吻

为了能与她长相厮守

我冒着刺骨的严寒

与她接吻

来见证我们的爱

……

八、山水之恋

水总是在山脚下流着

怀疑山并不爱她

山说，不信，你在我身上挖一个深深的洞

掏出我的心来看一看

这样，你会发现：

我的心里全是你！

九、天地之恋

天对地说
自有盘古后，我们就离婚了！
地说，那是盘古看咱们爱得疯狂
爱得天昏地暗
害怕影响了人类
把我们分开了
其实我们的爱一直都在！
哦，难怪人们总是说：
我们的爱会到天荒地老！

2013 年 8 月 1 日　延安

27　美丽的风景源自美丽的梦

每一个人就像一名邮差
每一个节日就是一个驿站

累了的人暂时歇息
擦干曲曲的泪痕
抚平累累的伤痛
释怀历历的酸辛
然后
继续前行，继续寻觅
明天依然在路上

彻骨的伤痛源自彻骨的爱
美丽的风景源自美丽的梦

2013 年 7 月 1 日　延安

28 雨，她淋湿了我的心

秋雨淅淅沥沥地下
淅淅又沥沥
淋淋又漓漓
下着，下着
下满了树梢
下满了地
下满了街上行人的肩

细细的，一头秀丽的发
雨
她淋湿了我的心
她萦绕着我的心

2013 年 9 月 20 日　延安

29 拟鲁迅

我的心分外寂寞
想用歌声来唤醒麻木的人们

许久，又许久
我奋力地在旷野上奔跑呐喊
却发现荒原上没有同伴
只有野草
于是，我彷徨了

哦，野草
根本不深，花也不美

2013 年 10 月 21 日　延安

30　拟郁达夫

我的心在沉沦

如果地狱真的有十八层

那么

我还要再往下走一层

2013 年 10 月 21 日　延安

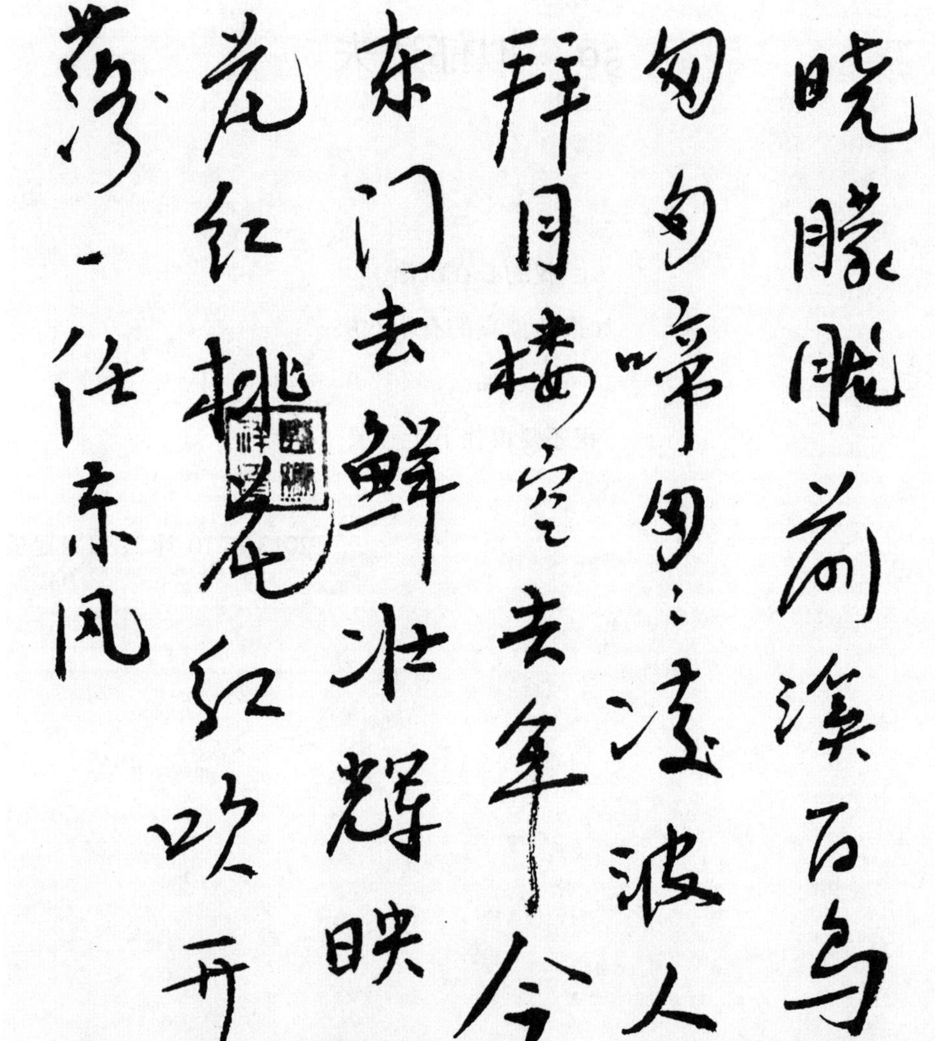

三羊河书法3

31 生活画

我也想把生活画成画
但，就是没画出
像样的一笔来

真不知
这是纸的问题
还是笔的问题
抑或是我的技艺太低劣

我也想把生活画成画
但，就是没画出
像样的一笔来
心底的美好总是被涂抹得
七零八落……

2013 年 11 月 10 日 吕梁

32 空 地

给心灵一块空地
别让你的杂草
在上面蔓延

给心灵一块空地
别让你的尘土
在那里滋生

给心灵一块空地
别让你的贪婪
在脑海徘徊

给心灵一块空地
别让你的阴郁
浸透了整个人生

2013 年 11 月 3 日　延安

33　致 1314

我，是飘浮在天空的一朵云

你，是飘浮在天边的一滴露

我在天空中自由自在地游

无意间发觉了你

从此，我的心里只有一个你

2014 年 1 月 1 日　延安

34 春 天

春天来了
田野上早已繁花似锦
小溪边也已绿草如茵
山谷间经常树木葱茏
……
人们都赞美大地的繁华与热闹

可有几人想过
这繁华背后的无限黑暗与冷清呢
这正如我们的城市

2014 年 5 月 9 日　延安

35 夏 天

很小的时候，夏天玩耍
经常将捉来的蚂蚁
放在一个侧壁光滑的塑料盆里

可笑的是
这只蚂蚁在里面绕来绕去
挣扎了一次又一次
想从盆子里爬出
但就是爬不出来

有时
我觉得自己也是一只蚂蚁
被造物主的大手捉住
放在了一个盆子里

2014 年 5 月 9 日　延安

36 秋 天

秋天到了
谷子笑弯了腰
她说
我的爱在地上

而高粱则害羞地扬起了头
她说
我的爱在天上

2014 年 5 月 9 日　延安

37　雪的启示

冬天下雪了
鹅毛般的雪花满天飞扬
无意间竟想逮一片留在手里
细细地看个究竟

好不容易才逮住一片攥在手里
可是正打算细看时
它早已化为踪影

才知道，有些东西
与其把她捧在手里
还不如让她在空中飞舞

2014 年 5 月 9 日　延安

38 秋 风

把叶子从枝头送到地上

使大雁从北方飞向南方

让田野由绿衣换作黄裳

……

以一种严厉、肃杀的态度

告诉人们

这是一个需要认真对待的季节

2014 年 10 月 30 日　延安

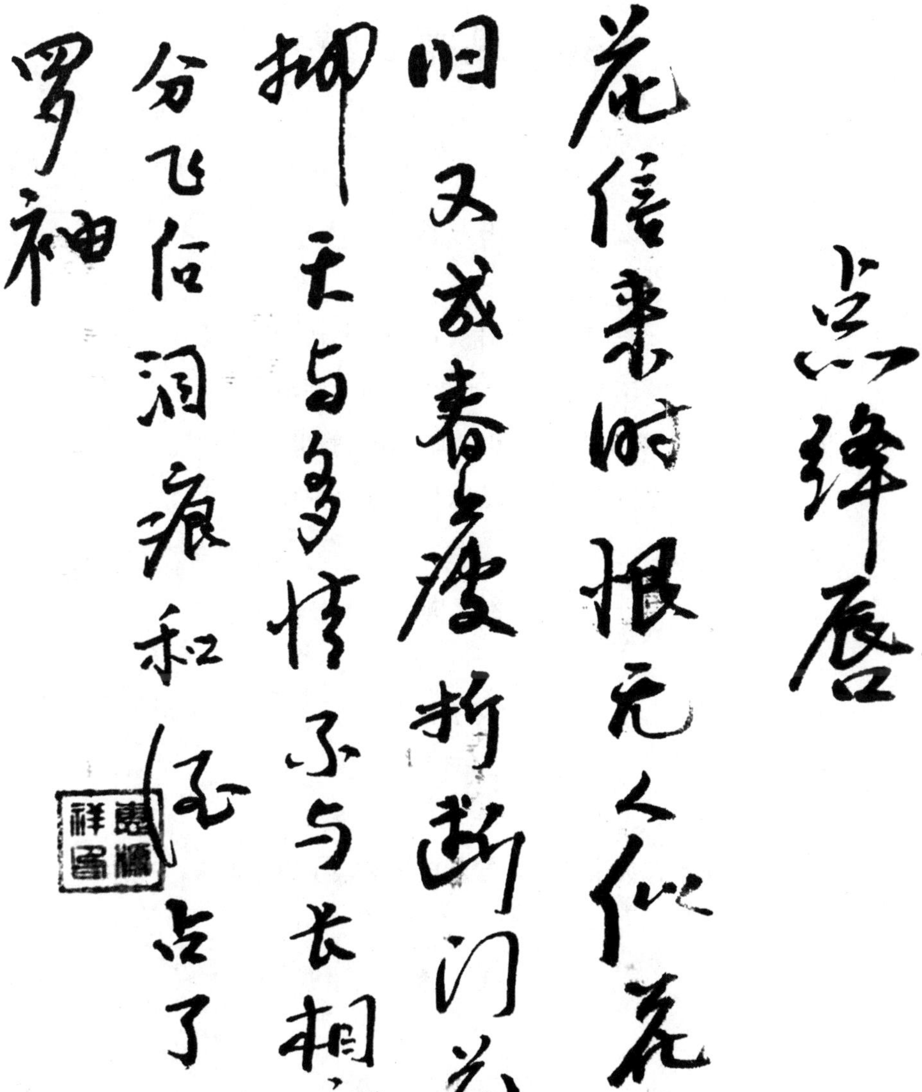

三羊河书法4

39 断章三首

开 国

黎明，一位伟人正向我们招手
不学秦皇汉武，不做唐宗宋祖
更不信，欧美帝国与什么救世主
东方大地，只有人民才能当家作主

丝 路

一条大河于长安发源
流向了那醉人的夕阳
那里驼铃阵阵，胡商攘攘
快看，大漠的那片绿洲已经荫蔽了整个西天

飞 天

广寒宫内春意融融
玉兔与两个弟弟在桂树旁边尽情嬉闹
这下，吴刚可是大饱眼福
瞧，嫦娥的四个妹妹一个比一个漂亮

2019 年 5 月 22 日　延安

40　也许你不懂得

也许你不懂得
有些风景
即便是饱览各地的旅行家
也难以欣赏到

也许你不懂得
有些事情
即便是权倾朝野的统一者
也难以权衡它

也许你不懂得
人的一生中
即便是最一帆风顺的时候
也难以
事事顺心……

2014 年 5 月 25 日　延安

41　有你的日子总是有雨

天又下起了雨
通往街区的路湿漉漉的
孩子们的心是湿的
大人们的心也是湿的

老镇的街上
特别是学校门口
人头攒动
如盛夏的草木在荒野里摇曳
记得这是在小升初考试的一天

从此
中考如此
高考这样
有你的日子总是有雨

可令人诧异的是
为何有你的日子总是有雨
或许是这个日子过于神圣
感动了上天
也或许是这个日子过于残忍
上天也忍不住流下了泪水

不管怎样

有你的日子总是有雨

2015 年 6 月 7 日　延安

42　心中的那片海

生命的河流
已经流过了二十九个年头
春去秋来
多少次，穿行于崎岖蜿蜒的山路
已经记不清了
多少次，迷失在一望无边的旷野
已经记不清了
又有多少次，沉浸在郁郁青翠的汀洲
已经不记得了

但是，我并不畏惧
也并不退缩
我始终铭记的是
在我心中的那片海

太多的悲伤、迷惘以及无奈
在重重的缝隙里
我依然不息地流着
流着……

我并不畏惧
也并不退缩

我始终追寻的是
在我心中的那片海

既然昨日已经不再
那么痛苦也会随之消逝
只要奋进的河流不止
那么绚烂的浪花也将腾空而起

2016 年 12 月 30 日　延安

43　春季里

春季里：微风，细雨
与你的甜美
一刻间占据了
我精心构筑的城堡

我本以为它坚不可摧
却不料
满城都是你迷人的气息

2017 年 2 月 25 日　延安

44 星星三章

其一 梦

不求像明媚的月亮
有一个动人的面庞
又如飞瀑倾泻万丈

不求像火红的太阳
普照大地光芒万丈
只求于茫茫的黑夜
有一束自己的光

当黑夜侵袭了一切
当悲伤笼罩人们的心头
只要你愿意
愿意抬头仰望

瞧，天上正有颗星星
在向你微笑
向你招手
向你敞开她的心房

其二　痛

每个夜晚
都会挂起无数盏灯
酒足饭饱的人们醉眼蒙眬
他们都说
“啊，天上的星星真快活，
她们正在调皮地眨眼！”

可有谁知道
那是我痛楚的泪

其三　爱

我的初恋是蓝天
我爱蓝天

但也许是命中注定
每天，只要夜幕降临
我就会以妻子的身份
与黑夜相伴

我的一生就这样
与他
结下了难解之缘

2017 年 4 月 11 日　延安

45　小溪流过的地方

终日流淌的小溪
并不知道它的明天在哪里

但它仍然不停地流着
虽然沿途会有岩石与大山的阻隔
虽然沿途也有无尽的烦恼与痛楚
但它还是欢快地流着

也许，流向大海是它最终的理想
也许，它根本不知道大海的存在

盛夏，烈日蒸吸它的血液
寒冬，冰雪又将它死死地封锁
然而只要春天一到
它就会聚滴成流，勇往直前

因为它始终坚信
它不是一沟死水
而是一条小溪
即使有一天它流不到大海
但只要它到过的地方
那里定然会

百草丰茂、鸟语花香

……

2017 年 6 月 9 日　延安

46　共和国，我为你拍照（组诗）

井冈山照

秋天虽然丰收了
但起义并不丰收

刺骨的寒风中
只剩下一粒微弱的火种
在闪烁

傲慢的敌人心想
这样冷的雪天
不信冻不灭你

然而，一点星火
瞬间点亮了整个井冈山

大生产照

饿是不用说了
前心与后背，变成了一张纸

可是敌人又烧了一把火
将山死死封锁

凶残的敌人又想
宝塔山上什么也没有
延河的水里尽是泥沙
饿不死他们才怪

可奇迹般的
那里的人们仅靠一个南泥湾
又喊了几声“三五九”
就活过来了

而且活得有滋有味
进行着轰轰烈烈的大生产

渡江战役照

滚滚的长江向东流去
无数的船桨也向东流去

一夜之间
南京城里
竖起了一面面五星红旗
人们都说
天变了颜色

开国典礼照

万头攒动
彩旗飘扬
就连全国的空气也沸腾起来了

天安门城楼上
一个声音响遍世界，响彻云霄
中国人民从此站起来了
……

反腐败照

夏天真热
热得人们不能正常休息
可是苍蝇们却享着清福
嗡嗡地横行，高高在上

听说这一带又有了大虫
伤了许多人的性命
消灭蚊虫已经刻不容缓

“那好，
‘老虎’‘苍蝇’一起打！”
顷刻间
天果然清凉了许多
清静了许多

2017 年 6 月 12 日　延安

47 孩子·艺术家

午后

燥热的天气使人无法下饭

“孩子的面也做成凉的吧！

对，放点盐，加点西红柿，倒点酱油！”

于是拿出一瓶往面碗里倒

儿子看见了

慌忙地向我招手

不要不要，我不喝酒

其实

孩子才是一切真、善、美的创造者

孩子才是这个纷扰世界里

最伟大的艺术家

2017 年 7 月 12 日　延安

48　晚霞颂

黄昏，天空
如一望无际的波涛汹涌的江水
如浩瀚无垠的变幻莫测的大海
如色彩斑斓又青黄相间的蓝宝石

忽然间
江面上火浪滚滚
大海里金光四射
就连一向沉稳而静穆的蓝宝石
也激动得满脸通红

哦，晚霞
谁在天际放了一把火
你
美了，许多

2017 年 8 月 11 日　延安

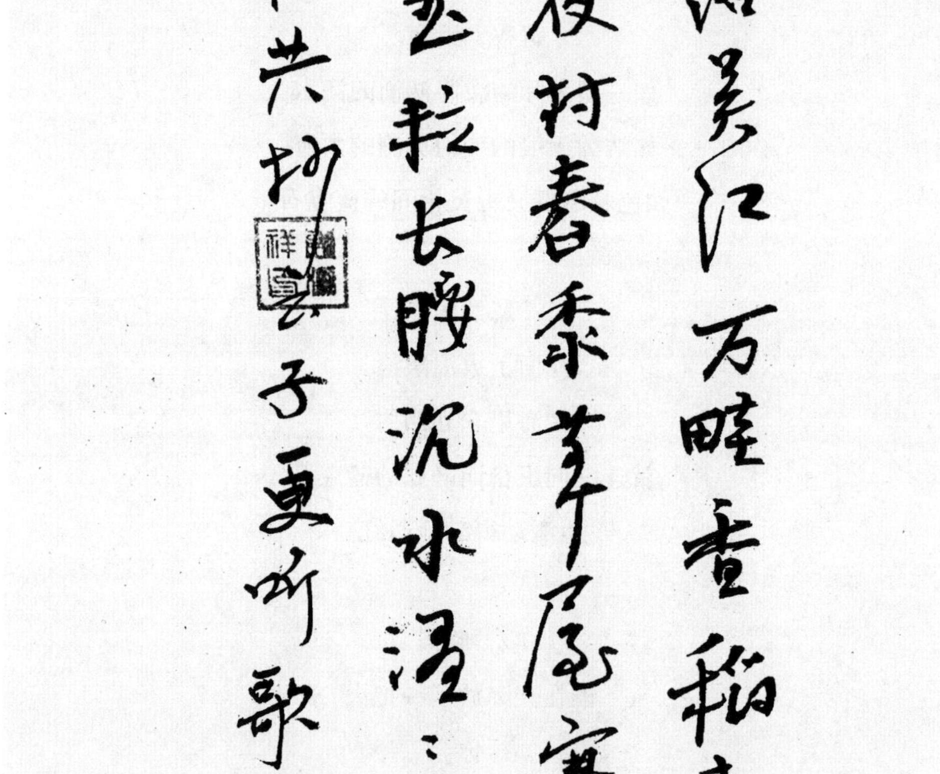

三羊河书法5

49　陕北，就是这么的美（组诗）

自然篇・草木

绿树不要太多
有这几株
山就够青了

白云不要太多
有这几朵
天就够美了

鸟儿不要太多
有这几只
林就够闹了

远方不必太远
走这几步
心就够亮了

哦，陕北就是这么的美

山乡篇·秋收

清晨的霜雾
毕竟遮不住孩子的笑脸
满园的瓜果下
小巧的嘴巴
正啃着一颗鲜红的苹果

微凉的秋风
毕竟吹不凉秋收的心
黄昏的农家里
几片成熟的树叶
正落在一堆金黄的玉米上

树叶黄了
玉米也黄了
大豆也熟了
农人的笑更甜了

哦，陕北就是这么的美

水利篇·红碱淖

毛延寿死了
可是汉元帝的悔恨还在
可恨的是那支恶毒的笔
长安不再是昭君的第二故乡

胡马嘶鸣
西风残照
故乡的亲人啊
一把胡琴
怎能抚慰我这满腔幽怨

从此，思念
变成了一个回眸中原的眼神
变成了一滴泪
变成了一湖水
变成了茫茫大漠中的一片海

文学篇·路遥

童年的苦难窥视着你
像狮子一样凶狠
困窘的生活逼迫着你
像恶狼一般贪婪

可是
你却深信不疑
再凶狠的狮子也就这样
再贪婪的恶狼那又何妨

一处血痕就是十分力量
百处创伤就是万般坚强

绵绵不尽的沟壑啊
千百年来

有谁真正爱恋过这块
贫瘠而又荒凉的羯胡之地

可是
你却至死不渝
爱恋着崖间尽情绽放的一朵花
爱恋着枝头嘶哑歌唱的一只鸟
爱恋着田间默默耕耘的一头牛
爱恋着冬夜漫天飞舞的一场雪
……

哦，路遥
你的笔下原有一个梦想
这便是文学的人生
你的眼里原有一个太阳
这便是苦难的人民
你的心中原有一个天地
这便是平凡的世界

历史篇·李自成

如此神秘
在你的脸上
我隐约窥见了那久远的鬼方

如此剽悍
在你的身上
我仿佛寻出了那血性的匈奴

如此悲凉

在你的马上

我似乎找到了那不羁的党项

你是一位气吞山河的英雄

你是一位名副其实的闯王

瞧

这就是你的功绩

多么美好的一个向往

均田免粮

文化篇·黄帝陵

秀丽，清碧

微风拂绿，汩汩徐徐

甜美的空气沁人心脾

哦，这是午后的沮水

肃穆，庄严

香火萦殿，群柏参天

对列的九鼎雄镇中原

哦，这是巍峨的桥山

这无尽的岁月

这苍山绿水的神州大地

孕育了一条条光照千秋的中华龙脉

也孕育了一位功盖寰宇的始祖轩辕

林立的碑帖
留下了多少贤人的凤舞龙翔
圣洁的庙堂
谛听了多少英雄的豪情壮志
古老的陵墓
唤醒了多少游子的家国梦想

哦，黄帝陵
对，是这里
也只有这里
这里蕴藏着华夏民族的希望
这里积蓄着炎黄子孙的力量
这里昭示着祖国神州的未来

此刻
轩辕台下的风雨，越来越紧
它们正在演奏
演奏着一曲动人心魄的奋斗之歌

此刻
轩辕台上的雷电，越来越响
它们正在高唱
高唱着一支气吞山河的腾飞之歌

哦，陕北就是这么的美！

2018 年 11 月 17 日　延安

50 远 方

不是所有的花儿都会开放
不是所有的白天都有阳光

无尽的辛酸里
也有足够芬芳
世界愈是纷扰
我心愈是安详

当别人满心春意之时
我只是驾着一叶扁舟
缓缓驶向远方！

也许
远方甚是渺茫
也许
远方永不存在

但它终究是远方
因为那里
承载着我
所有的梦想

新的一天自会有新的希望

新的一年自会有新的远方

不必一路高唱

不必鲜花簇拥

在新的征程中

我们只需扬帆起航！

2019 年 1 月 1 日　延安

51　地球的眼泪（组诗）

序　言

地球哭了
她哭得那么伤心
这是我从来没有见过的哭相
我的心不禁为之一颤

我曾试图在
记载人类哭相的百科全书中
去揭秘，去探求
然而，千百年来
似乎只有一些零星的记录

什么时候才能有
郑重其事的记录
我不得而知

麻　雀

我是一只，只有一岁的麻雀

可是
你看看我与同伴们的身上
哪里还有一个少年的样儿
这更像个脏兮兮的老头儿
每天都是蓬头垢面
羽翼上积满了灰尘

人们都说我是，愤怒的小鸟
我憎恶那毁我家园的人类

他们总是说
天空是蓝色的大海
天空是青碧的玉盘
天空是纯洁的宝石

不是说
天空是我们鸟儿的家园吗
可是，如今的天空
除了灰暗还有什么
除了雾霾还有什么
除了更多的二氧化碳
还有什么
除了让我们难以喘息的废气
还有什么

不是说鸟儿应该在枝头歌唱吗
哦，不，满世界都是摩天高楼
不瞒您说

其实

我早就憎恶人类那一张张臭嘴

他们残忍地杀害了我的同类

还把一切都说得那么虚伪

要知道

人类留给我们的

除了虚伪，就是残忍

绿化树

据说

美容美发也是一种艺术

清晨，车辆，行人

道路两旁，绿化树

技艺娴熟的工人们

正给我们美容理发

发型自然是当下最时髦的

市民们最喜爱的各种图案

你看

三角形、多边形、文字形、爱心形

……

绿化树也是树

我们只能眼睁睁的

任凭工人们手中的剪发刀

在我们的头上或身上飞舞

绿化树也是树
有谁知道
我们掉下来的
不光是几根头发
还有眼泪和鲜血

说实话我们最嫉妒
那一棵棵
长在崖间的酸枣树

大　海

对人类而言
我的存在一直是一个秘密
海藻，海矿，暗礁，鲨鱼
正如
女人想征服男人的雄心
男人想读懂女人的世界

现在
我再也没有什么秘密可言
我的秘密早已被人们扒光
我的子女也每天提心吊胆

那静谧、安逸、幸福的海洋
已荡然无存
……

猎奇，捕杀，排污水
采矿，建岛，修基地
……
我不想让他们去吹嘘
吹嘘什么海底两万里

也许你不知
这幽深的海底
正是我满是泪水的心

土　地

无法摆脱这样的命运
我的身体早已被掏空

记得二十年前的水井
农人只需在我身上
掘个一两丈深的洞
他们就会满心欢喜

有时不用他们挖掘
泉水会在山谷低洼处
自流汇集，自流成井

只要溪水流到的地方
就会，青草蔓蔓
野芳几缕，蛙声一片
然而，这是二十年前的事

如今我的眼泪就要涸竭
你看
挖一眼水井
好似，开采一口油井

我的身体早已被掏空
无论是乡村还是城市

西安有个美誉
地上一座城
地下一座城
上面是现代高楼
下面是珍贵文物

如今
几乎全世界所有的城市
都是这样
只不过
一座是地上商城
一座是地下商城
地上能有多大
地下就有多空

无论是城市还是乡村
都无法逃脱这样的命运
我的身体早已被掏空

尾　声

地球哭了
她哭得那么伤心
这是我从来没有见过的哭相
我的心不禁为之悲哀

我曾试图在
记载人类哭相的百科全书中
去揭秘，去探求
然而，千百年来
似乎只有一些零星的记录

什么时候才能有
郑重其事的呵护
我不得而知

2019 年 3 月 22 日　延安

52 我歌唱（组诗）

序 我歌唱

我歌唱是因为我思考
我歌唱是因为我孤独
我歌唱是因为我痛苦

我歌唱
更是因为我还不甘没落

一、权力

没有你，狂妄的人会更狂妄
没有你，无畏的人会更无畏

然而
有你，人便有等级
有你，人便有虚伪

二、金钱

因为有你，世界才贫穷又饥荒

因为有你，世界才金碧又辉煌

因为有你，世界才熙熙又攘攘

三、地位

如果有一天

你一不小心

从高处跌了下来

请不要喊疼

四、美貌

再美的花也不会永远开放

娇丽的容颜只是一时

所以，年轻的女孩啊

不要轻易以美貌取悦男人

如果你想以美貌赢得世界

那就该尽情地绽放

但这样的时刻不会很长

你应以生命衡量

这样的绽放是否值得

譬如貂蝉，她将自己的美
永留在了，十六岁的那一年

五、宗教

最初的最初
这只是一个人的空想
可渐渐地
它化为了无数人的信仰
而且这种信仰
神秘到让人，一心向往

六、历史

将一个又一个偶然串联起来
就成了必然

人类发展的道路
本可以有很多条

如果大家都去了一个方向
而没走其他的路
这，就是历史

七、学术

重视实业的人
会认为你并没有用

与金钱相比

爱你的人寥寥无几

但如果你走在了时代的前面

就能掀起一场巨大的风暴

可这只有少数人知道

八、真理

从世界上有第一个人起

就有人开始寻找

可时至今日仍然无果

这是一个无底的洞

这种找寻

一直会到天荒地老

2013 年 2 月 23 日　延安

53　张骞，开创丝路文明的一带绿洲（组诗）

一、梦断关山

长安再大
大不过八百里秦川
更何况山外有山

汉朝再强
强不出西域的阳关
如何知天外有天

雄鹰在天空徘徊
烈马在大地踟蹰
武帝的雄心
因匈奴的马蹄而梦断河山

哦
这是一个多么需要英雄的时代

二、立志长安

从洋洋汉江到滔滔渭水
从杜衡芳芷的家乡城固
到繁华富足的京畿帝都
多么诱人的生活
是选择这迷人芳草与安逸生活
还是那充满未知又艰险的远方
我想，你也是万分为难

然而
好男儿怎么能只恋芳草
是英雄就应该纵横天下
于是你告别这依依杨柳
选择了一条与徐福东渡
截然不同的路
出使西域

三、九死一生

从踏上河西走廊的那一刻起
死神便开始亲吻着你
心怀恶意的单于威逼利诱
蛮横凶残的部下百般折磨
曾几何时，你也想到屈服
曾几何时，你也想到自尽
然而，生命的结束岂可这样卑微

被困十年的你终于盼来一次逃离
前方不是归途，你选择继续西行

死神，依然眷顾着你
茫茫的戈壁飞沙走石
热浪滚滚
高高的葱岭寒风刺骨
白雪皑皑
荒漠之外，荒无一物
渴了饿了，以风为餐
困了累了，以天为被
……
可以想象，当你现身大宛国时
国王与群臣那惊诧不已的神情
这个大胆的汉朝使者
居然能如此安然地站在这里
啊，这真是一个天大的奇迹

生活不只需要勇气，还得依赖智慧
大宛，康居，大夏，月氏
作为深入异地的使者
一言一行稍有不慎就是风险
更何况，归途仍似风中柳絮

十三年，一走就是十三个年头
再去又是几度春秋
就是种子也长成了参天大树
在这漫长的历程中

我看到了你如屈原一般
一颗高洁伟岸的心
一个政治家的坚定
一位外交人的风采

哦，张骞
你担起的不只是一个帝国的使命
更是一个民族的胸怀

四、不辱使命

称雄一时的天之骄子
低下了那高傲的头颅
长安的春风顺着玉门关而飞驰塞外
胡商贩客，齐聚塞下
公主车驾，络绎不绝
良马、葡萄、石榴、美玉、丝绸
……
魏晋南北朝，隋唐宋元明
东起长安，西至罗马
各种语言，各色货物
汇成一条条长长的河流
流向亚欧大陆
流向非洲海岸
最终流向世界的每一个角落

五、功盖寰宇

如今
丝绸之路的驼铃回荡世界
“一带一路”倡议深入人心

有人说
张骞就是东方的哥伦布
但是我要说，张骞
你比哥伦布伟大得多
哥伦布带给美洲的是剥削与侵略
而你留给世界的是和平与友谊

有人说
盘古是开天辟地第一人
但是我要说，张骞
你才是开天辟地第一人
你开的是世界东西方文化的天
你辟的是人间互通有无的地

哦，张骞
你是架起友谊的一座桥梁
你是传递和平的一位使者
你是哺育文明的一条河流
更是开创丝路的一带绿洲

2019 年 5 月 4 日　延安

54 一粒高尚的种子与当代神农的故事

一、沧海遗珠

天地悠悠，多少岁月来了又去
你是一粒小得不能再小的种子
也许像你这样的种子，还有很多
一粒又一粒天然的稻种
在无尽的旷野里自生自灭
然而千百年来却无人发觉
也许你的先祖就是那女娲补天弃而未用的石头
我不得而知

一粒被自然遗弃的种子，该多么孤独
一株被人类忽略的稻穗，该多么无助
哦，多么古老而又迷惘的一粒种子啊
——天然稻种

二、高山流水

也许是命中注定，或心心相印
我只知道，在一九六〇年的安江农业学校

在一块极其普通的试验田中
一个叫袁隆平的普通农校教师
成了你——天然稻种的伯乐
成了你的父亲或者你的知音
从此，你便掀开了新的一页
哦，多么响亮的一个名字啊
——杂交水稻

三、千淘万漉

从天然杂交稻种
从天然雄性不育株
到籼型杂交水稻
为了你的身世之谜
他辛勤耕耘，沥尽心血
遍尝实验之苦
多少个黑夜白天
一干就是几十年
哦，多么珍贵的一粒种子啊
——杂交水稻

四、破茧成蝶

从三系稻，到二系稻，一系稻
从超级稻一期，到二期，三期
从海水稻到沙漠稻
为了你的传奇转身
他淡泊名利，孜孜不倦
多少个黑夜白天

再干又是许多年
他研发了一期又一期新稻
哦，多么神奇的一粒种子啊
——杂交水稻

五、遍布寰宇

亩产三百公斤
亩产八百公斤
亩产九百公斤，一千公斤
……
从中国，到菲律宾、美国、意大利
从印度，到马来西亚、迪拜的沙漠
你的升级，如此华丽
你的足迹，如此宽广
你的血液，滋养全球
哦，多么博爱的一粒种子啊
——杂交水稻

六、情满人间

让人们温饱
一粒粒种子，就是一个梦想
让人民幸福
一株株稻穗，就是一个心愿
让和平永驻
一片片绿洲，就是一种情怀
哦，多么高尚的一粒种子啊
——杂交水稻

七、震古烁今

如果，上帝再造一艘方舟
将它赐予一个像诺亚一样完全的义人
我想，这个义人就是
——袁隆平

一个为了禾下乘凉梦
而奋斗终生的民族伟人
一个为了覆盖全球梦
而心怀世界的当代神农

2019 年 5 月 1 日　延安

55 照亮东方的一艘船

茫茫的江面，被黑夜吞噬了
你听，那呜呜的如怨如诉的声音
难道是许多失去孩子的母亲，在呻吟？
哦，那是我亲爱的祖国在痛哭

黑暗越来越浓
摆渡人的桨，也越来越紧
汹涌的江上，又刮起狂风
巨浪露出了它狰狞的面目
狠狠地咬住，正在漂摇的一只船
风暴越来越紧
摆渡人的桨，也越来越紧

看，红日初升的江上
一艘红船
映红了一片江面
映红了祖国的大江南北
映红了整个东方

2019 年 5 月 22 日　延安

56　大运河沉思

醉了西施的吴王宫里，没有一只鹧鸪
吹倒炀帝的春风，却经久不息
熊熊的战火，在晚清的漕运里蔓延
蔓延到了细长而松散的海岸
大运河啊，你有多么痛苦，有谁知道

与长城相比
两千公里的长度在中国，十分小气
然而就是这不足两千公里的运河
中国历史的兴衰，你倒映着
华夏民族的悲欢，你饱含着
大运河
你承载了多少帝王的梦想和欲望

大运河啊，你这滚滚的大运河
你用自己的乳汁
让一片片川野变为了千里沃土
将一个个山乡变成了名都大邑
使一代代儿女变为了栋梁之材

曾经用自己的身躯挡住无数胡虏的长城

曾经的铜墙铁壁
如今他呆呆地立在那里

立在泰山之巅
我又瞥见了这横亘东西的长城
我又望见了这纵贯南北的运河

大运河啊，你这滚滚的大运河
犹如一个多情的少女，愈发年轻
你温婉妩媚，风姿迷人
一个春风十里与沃野千里的梦
一个百姓和乐与国家安定的梦

2019 年 5 月 27 日　延安

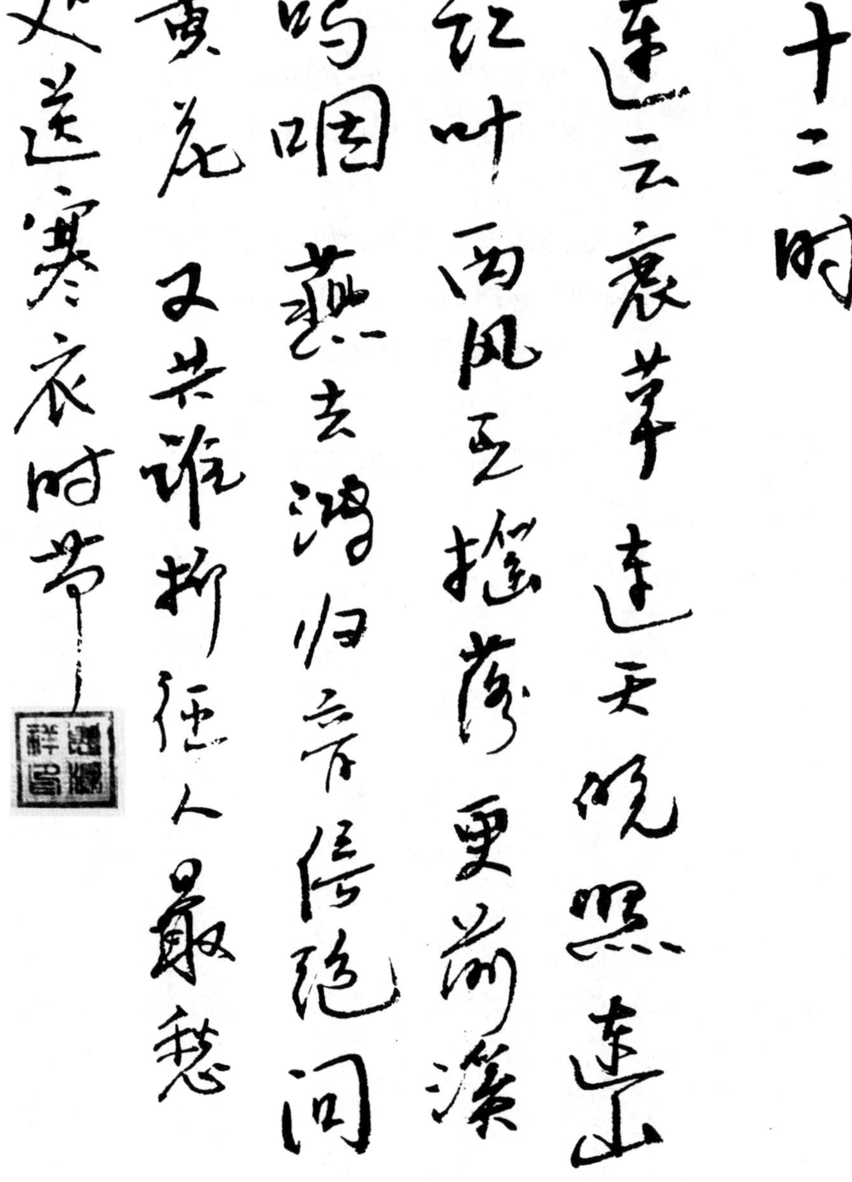

三羊河书法6

57　这就是中国少年
——记云南“奔跑少年”高艳能

十年前

无情的命运向你开了一个巨大的玩笑

你的右腿被迫截肢

原因是一次意外受伤

然而你从容应对，淡然视之

失去了右腿的你并不气馁

你毅然拒绝亲人的扶持，自学行走

你的反应让命运自惭形秽

让世间的许多人自愧不如

十年里

为了求学，你每周在八公里的崎岖山路上往返

你不肯将知识放弃

成绩名列前茅

你不肯向生活屈服

熟练地做饭、打扫卫生

穿梭自如地上下几层的台阶

娴熟地爬上一米多高的栅栏，喂养猪崽

你不肯向命运低头

体育的免考机会，你断然拒绝

仅靠单腿与双拐坚持考完一千米长跑
以及拍球、引体向上等中考体育项目

哦，多么要强的一个中国少年
虽然你不屑于命运对你的种种挑战
但却衷情于生活给你的美好希望
在你身上
我看到了无数中国少年的影子

如大漠的一棵胡杨树
你壮丽伟岸
如崖间的一棵酸枣树
你倔强不屈
哦，高艳能
你本是云南山区的一个普通少年
如今已是中国少年的楷模

2019 年 6 月 6 日　延安

58 故乡的小路

不知有何魔力
故乡的小路，我走了整整十个年头
可是怎么走，也走不够
那是一条最宽处仅容两人
而且极为陡峭的山坡
我们每天顺山而下，与小溪嬉闹
沿山而上，与村庄玩笑

如今一条宽阔的水泥路
一直通向小镇的中心
而我早已看不见小路的身影

哦
故乡的小路啊
你承载着我自由欢乐的时光
你陪伴着我纯真懵懂的年华
你就是我的根

2019 年 6 月 7 日　延安

59　我已深深地爱上了你

初识你是在一块木门大小的黑板上
你站得堂堂正正
像两位威武不屈的将军
讲台上先生写得工工整整
他说：同学们，这就是我们可爱的祖国
原来，中国就是两个字

再次相遇是在一张彩绘的地图上
你立得肃穆庄严
像一只召唤黎明的雄鸡
版图上一个个地方密密麻麻
据说，这就是华夏儿女生存的地方
原来，中国就是一张图

如今，我已深深地爱上了你
在黄土高原
你站得铿锵有力
像我饱经沧桑的父亲
又立得温婉贤淑
像我慈爱深沉的母亲
原来，中国就是我的父母

哦，中国，我的父亲母亲
直到今天我才明白
原来，在这个世界上
你才是我骨肉相连的至亲至爱

如今，我已深深地爱上了你
我的父亲母亲
我亲爱的祖国

2019 年 6 月 11 日　延安

60 嫦娥也有一个梦（组诗）

一

广寒宫里，一住就是几千年
清冷的日子可不好过，寂寞
虽然每年都有一个八月十五
可是时常有吴刚，死死纠缠
最烦恼的是人们的纷纷议论

有人说我的奔月是因后羿不忠
有人说我的奔月是因逢蒙逼迫
有人说我的奔月是因后羿赐赠
有人说我的奔月是因不甘寂寞
……
可有谁能懂我心呢
是啊，天各一方，人海茫茫

二

碧蓝的夜空一轮明月迎风微笑
我飘飘悠悠地飞出窗子
飞出这洒满清辉的郊野
我越飞越高，越飞越远
最终，飞出了地球
来到了这只有玉兔为伴的广寒宫

我本以为它就是一粒不老的灵药
却不料它还有成仙的功效

三

寄身广寒宫内，这些年来
除了李白与苏轼对我的关怀
除了每年的八月十五
百姓给我的祝福，能给我些许的安慰以外
我无所事事，百无聊赖

可是无论如何
我的一个希望却每日不渝
我始终希望我故土的人们过得幸福
是啊，一朝又一朝，一代又一代
他们是那样的多灾多难
可我又惊奇于他们的毅力
在这历史的惊涛巨浪中奇迹生存的能力

看一看这些民族脊梁
屈原，司马迁，“李杜”，“苏辛”
文天祥，谭嗣同与鲁迅
毛泽东，邓稼先与袁隆平
他们胸怀天下，一心为民
他们舍身求法，淡泊名利
只要看一看他们，我们就会满怀自豪

看一看这些华夏奇迹
兵马俑，都江堰，莫高窟
大运河，黄帝陵，坎儿井
“一带一路”，神舟飞船，沙漠水稻
它们充满智慧，惊世骇俗
它们闪耀中华，空前绝后
只要看一看它们，我们就会信心百倍

四

瞧，在世界的东方
为了迎接那统一富强的民族复兴
五十六个兄弟姐妹手牵着手，心连着心
迎着春风，迎着朝阳
正奋勇前进在一条光明的大道上
我的梦做了几千年
如今，她就在眼前

2019 年 6 月 11 日　延安

61 清洁工的四季

一

天还没有亮
他们的头上已经顶上了一层白霜
一条条道路纵横交错
一幢幢高楼四面八方
瞧瞧脚下，街道依旧素裹银装
看看天上，大雪依然纷纷扬扬

二

盛夏的午后，总是这样的燥热
当鸣蝉已经厌倦了喧嚣的时候
我们已经寻遍了街巷的每个角落
暴雨总是不期而至
片片积水肆虐在这不平的街道上
这一处扫尽，又流向那一处

三

初春的大风喜欢与你们玩笑
这个时候
百花还睡在梦中
这正是塑料袋与尘土最爱的季节
它们在天空肆虐狂欢后
尽情地撒野，又回到了街头

四

看吧
秋天的树叶，就是这么的多
怎样扫也扫不完
初秋、中秋的叶子还没有落尽
深秋的叶子已经迫不及待
是的
冬天又要来了

2019 年 9 月 11 日　延安

62 草原与牧马人——晚霞记

黄昏

一群群人马惊奇地望着我

我也惊奇地望着他们

哦

我从未见过

这样的牧人和这样的马

原来

晚霞竟可以

如此的壮阔又如此的美

2019 年 11 月 19 日　延安

63　井大，我们以这样的方式爱你

一

二十五栋到人文学院的路
没有几步
但是我总怀着无限的景仰敬重
总觉得
那里有一座灯塔在召唤
那里有无数珍宝在闪烁
那里有丰厚文化的庐陵在积淀
那里有千年文明的大树，生生不息

二

自从融入井大的那一天起
我就如饥似渴地读书
但是无论我以怎样的速度阅读
就是读不尽图书馆那一个角落

我恨自己书读得太少
而井大的图书馆太大

这种情形，仿佛
孔子站在川上的感慨
苏轼与友人，泛舟赤壁的喟叹

三

一进宿舍就是扑鼻的墨香
老李喜欢书法
一出宿舍就有动人的琴声
大麦爱好吉他

小黄热衷古玩与钱币收藏
大周沉浸于教育研究
文明忙碌于班级事务
小卫总是幽默而怪话不断

或担心考试挂科
或忧虑前途茫然
或抱怨彩票不中
或慨叹芳心难得
……

是的，井大
尽管我们爱你的方式各有不同
但是，无论怎样的玩笑或调侃
我们都早已深深地爱上了你

四

让我如何忘记
那赣江的，浩浩汤汤与奔流不息
如何忘记
薄雪轻抚的草坪上那点点醉人的绿
舒缓幽静的小丘上那棵棵挺拔的松
让我如何忘记
那一条条芳香四溢的林荫路
那荡漾着悠扬歌声的音乐厅
如何忘记
那始终风光旖旎而书声琅琅的湖心亭
还有那一个个映入湖心的倩影
……

井大啊
你的一草一木与一角一落
你的一言一行与一荣一誉

五

转眼间，毕业已经数年
可是，我总是不能忘记你
几回回梦里我重返井大
也诉不尽这心中无数的话

你的一草一木与一角一落

你的一言一行与一荣一誉

哦，母校，我要以这样的方式爱你
井大啊，我亲爱的井大

2019 年 11 月 8 日　延安

64 天涯海角

明媚的阳光沐浴着温柔的沙滩
海风习习吹来
一棵棵椰子树迎风飞舞
汹涌的海浪在天空旋转
最后在浅滩的礁石边自由嬉闹

远了，更远了
最远的浪花已翻到了天上
大海与天空，就是最好的裁缝
她们的针线活儿天衣无缝
海变成了天，天变作了海

你听，隐隐有声响从天际飘来
莫非是天神们在海边酣宴
或许是仙娥们在天间歌舞
不然何以如此勾魂摄魄
莫非，天上也有个地方叫海南

正如这浪漫的三亚

我想

天上也有个地方叫海南

也有个地方叫天涯海角

2020 年 4 月 4 日　延安

65　海的告白

告诉你吧
我有一对非凡的父母
他们叫宇宙
人们说他们比我更加璀璨

告诉你吧
我有一个温暖的故乡
她叫港湾
她和我一样，也很博爱

告诉你吧
我有一个漂亮的姐姐
她叫夜空
她和我一样，都很湛蓝

告诉你吧
我有一个醉人的梦想
它叫远方
它和我一样，都爱冒险

哦，告诉你吧
我还有一个可爱的恋人
她叫月亮
她和我一样，都爱浪漫

你看
这就是相亲相爱的一家
故乡与港湾，姐姐与父母
还有远方和一个最美的恋人

2020 年 4 月 2 日　延安

66　一把淡蓝色的小伞

就是这么神奇
一把淡蓝色的小伞
撑起了我的整个世界
又回到了那最美的春天
又回到了那甜蜜的季节

我的心在山谷飘荡
我的心在海边徜徉
我的心在天空飞翔
啊，一把淡蓝色的小伞

没有你的日子
我的心总在下雨
不能忘记那个醉人的季节
不能忘记那个朦胧的春天
还有一条
静得悄无声息的林荫路

2019 年 12 月 2 日　延安

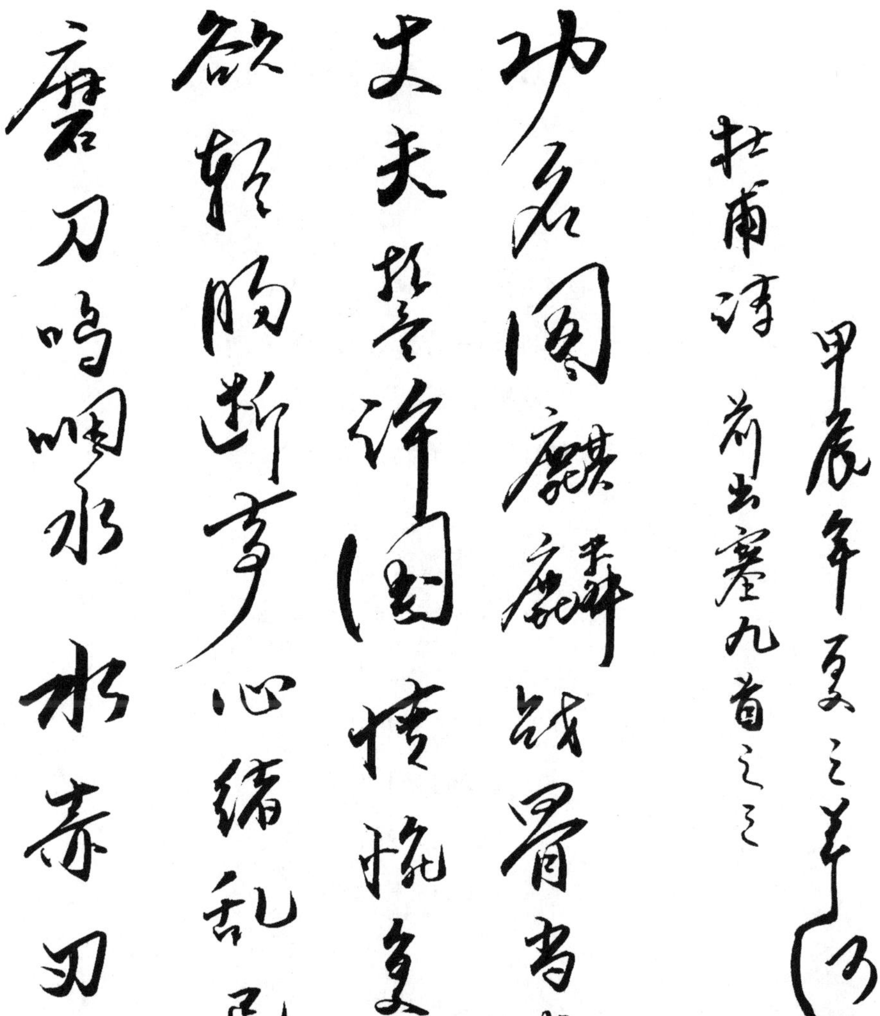
磨刀呜咽水
水赤刃伤手
欲轻肠断声
心绪乱已久
丈夫誓许国
愤惋复何有
功名图麒麟
战骨当速朽
杜甫诗 前出塞九首之三
甲辰年夏 三羊河书
善儒 祥昌

三羊河书法7

67 三 月

这个时候，大雁已乐不思蜀
和它们一样开心的还有
发梢已经微黄的杨柳
和那早已欢快流淌在山谷的小溪

只要足迹到过之处
那里早已是鸟语花香，生机勃勃

来吧，来吧
让我们穿上春装
来吧，来吧
让我们放声歌唱

走向田野
走向山岗
迎接这春天的欢乐
迎接这大地与人民的希望

2020 年 4 月 1 日　延安

68　春暖花开

将每一个今天，看作远方与大海
不要感叹人生无奈
不要在意成功失败
给种子力量的不只是春天的关怀
还有冰雪严霜的深爱

有过失落，有过悲哀
所有的泪水都已如烟
所有的光环都已不再
为了让明天充满期待
我甘愿为每一个今天喝彩

星辰璀璨，犹如浩瀚的大海
黑夜静谧，好似诱人的远方
我期待明天的阳光更加灿烂
我期待明天的大地更加怡然
但我更期待
今天的你我都春暖花开

2020 年 1 月 10 日　子洲

69　感谢星星，给我期待

每当闲居独处的时候
总能感到无数条血脉
在我的躯体里汹涌

我知道这是生命的河流
在广阔的田野里尽情流淌
我知道这是生命的浪花
在无垠的天地间自由翻滚

自从有了这奇妙的身体
美丽的灵魂，便诞生了
感谢父母给了我健壮的身躯
感谢自然给了我有趣的灵魂

张开你的双臂，去拥抱温暖的阳光
舒展你的额头，来汲取充足的雨露
感谢星星，给我期待
感谢苦难，让我坚强
还有你
我梦中的，朵朵白莲

2020 年 1 月 20 日　子洲

70　子午岭，黄土高原上一道奇丽的风景

这里有誉满华夏的天下第一陵——黄帝陵
这里有世界最早的超级高速路——秦直道
这里是黄土高原的林海雪原与天然的物种基因库
哦，子午岭
我向你致敬问候
你这厚重古老的山岭
你这大自然的鬼斧神工

没有什么比上天的眷顾更令人神往
这里的一切，浑然天成
这里的四季，美不胜收
连绵的丛林，绿浪翻滚
欢快的鸟儿在层层的绿荫里歌唱
各色的瓜果在幽深的山谷间飘香
挺拔的峰峦连接起伏的峁梁，到处素裹银装

从宽敞开阔的甘泉宫直抵大漠的九原郡
诸多的历史遗迹，依稀可寻
天子坳，金锁关，昭君打扮梁
林木苍翠的云梦山，我景仰智谋空绝的鬼谷子
竦峙袤延的沮源关，我震惊包举宇内的秦王政

平顶如盘的药王山，我钦佩医术高明的孙思邈
佳木葱茏的二将山，我感慨心忧天下的范仲淹
奇光闪耀的照金山，我缅怀取义成仁的刘志丹
……

几乎所有的历史都是从一个神奇的传说开始
自从有了肃穆庄严的桥山与清碧秀丽的沮水
华夏民族便有了共同的始祖——黄帝
于是中华文明的历史便由此发端，源远流长

哦，子午岭，我也是你的呀
我爱你这黄土高原上天然的绿色长廊
我向你致敬问候
我爱你这东方文明的摇篮
爱你这让华夏儿女屹立世界的中华脊梁

2020 年 1 月 25 日　延安

71　三苏园遐想

在这里，几个有趣的灵魂永远地安息了
再也不用担心奸臣诽谤
再也不用忧虑贬官谪宦与旅途艰难
至于大宋王朝的纷争，就让那些史官自圆其说吧

有趣的灵魂少之又少
然而我总是不能忘记你——苏轼
传奇而坎坷的一生
将无数次流放，变成一个个远方与旅行
你的足迹，遍布了祖国的大江南北
我不知这是你的不幸，还是一个王朝的悲哀

自从踏入朝堂的那一刻起
你的厄运便挥之不去
你的一生都在北宋政治的旋涡里沉浮
太多的磨难并没有使你向权贵低头
相反，你的步履却更加笃定有力
你的一举一动都洋溢着浩然的正气
你的一言一行都散发着天才的光芒
凡你到过的地方，那里必定迷人芳香
凡你所治的区域，那里必定物阜民安

不是所有的人都有将生活变成艺术的本领
无论是黄州赤壁，还是西湖苏堤
无论是岭南天地，还是儋州海岛
一杯浊酒与一口苦茶，你也喝得甘之若饴
一个山坡与一间草屋，你也住得从容自如
一支粗笔与一张画纸，你也用得潇洒如风

有时我觉得你与屈原相近
正直中有一些执着
或者像司马迁，坚忍中有一些奋发
有时我觉得你与陶潜是知音
恬淡中有些宁静
或者“李杜”，飘逸中有七分洒脱，忧郁中有三分深沉
哦，东坡，你这北宋文坛的高峰
你就是中国古代文人的一个缩影

当一个王朝的背影越来越暗之时
三苏——你们的光芒却越来越亮
如耿耿星河在夜
如绚烂红日当空
抚慰着一个又一个疮痏的人
滋养着一代又一代高贵的灵魂

2020 年 1 月 28 日　延安

72 三闾大夫的三个时期（组诗）

一颗丹心悬日月，几缕浮云映古今。——作者记

一、居庙堂之高

我常常反思自己的行为
以致陷入深深的矛盾之中

为何我总是这样格格不入
不能与同僚和睦相处
不能与君王推心置腹
何不附和他们的看法
何不赞同他们的作为
为何身居高位而整天郁郁寡欢
供着优厚的俸禄不用
空着豪华的居所不享
获赐亭亭的美女不受
放着安逸的生活不过
自寻烦恼而固执己见
指责群臣谄媚，抱怨君王不察

有时，连我自己也讨厌自己

难道是我在逆天背时
为何一定要追求完美
要知人生不如意之事常十有八九
为何一定要改革宪令
要知商鞅吴起就因变法而得罪权贵

是的，我也可以选择这样的生活
锦衣玉食，声色犬马
歌颂太平，诗咏年华
任其秦齐楚燕，管他春夏秋冬
神仙般的日子谁不向往
而这本来唾手可得

只是，可惜了我的美政理想
愧对了我们圣明的先祖
辜负了黎民百姓与大好河山
啊，我亲爱的楚国
你何时才能迎来政通人和的那一天
你何时才能出现安居乐业的那一幕
耿耿星河，我已望穿秋水

二、处江湖之远

去与留的问题横亘在我的心头
这让我寝食难安，犹豫不决

人说好男儿就应该志在四方
又说是英雄就应该驰骋天下

不错，以我之才可以远游他国
封侯拜相，春风得意
正如苏秦与张仪
一怒而诸侯惧，安居而天下熄
确实，我已心如明镜
几番出使，齐王已经多次示意
那些奸佞最擅长捕风捉影
他们向我王造谣
说我不但接受了齐国相位
而且背主求荣，娶妻定居
更为可恨的是
我因为变法得罪了他们
至今许多人仍想置我于死地
不仅在我外访途中派出刺客
还到处散扬我泄露国家机密
致使君王疑虑重重

我承认那次使齐的时间较长些
可是那些整天献媚邀宠的家伙
哪里知道长途跋涉的奔波之苦
哪里知道沿途关卡的百般阻挠
哪里知道敌国势力的各种干预
何况还有他们的“尾巴”久久追随

多年的努力还算没有白费
然而联齐抗秦的战线最终破裂
靳尚的欺瞒，郑袖的媚惑
众臣沉默，诤士无言

张仪的巧舌如簧，秦王的利诱威逼
大家都说远亲不如近邻

往事不堪回首
在我王的耳边与楚国的庙堂
我也记不清自己进谏的次数
只是我的谏言
变成了一缕缕微不足道的轻风
一阵阵萧瑟悲凉的秋风
一场场寒气逼人的冬雪
就这样，我最终被流放
其实这样的结局，我早已料想到

三、沉汨罗江畔

多年的流放与戴罪迁徙
让我更加坚定一个铁的事实
如今的楚国已病入膏肓

可恨那群结党营私的小人
一味地鼓吹我王圣明、天下太平
全然不为楚国的未来谋划思量
只为眼前的荣华富贵钻营苟活
可怜天下百姓还在苦海中挣扎
我们的君王至今还蒙在鼓里

一个国家如果丧失了忧患意识
内无明政而外有强敌

那它的结局不言而喻
每想至此，我总是不寒而栗

我这一生本来能走的路有很多
而我却选择了最为艰难的那一条
正如姐姐女媭斥责的那样
性子太直的人很容易损伤自己
她说我是作茧自缚
放着康庄大道不走
偏要将自己送入一条死巷

确实，复返朝堂已绝无希望
朝秦暮楚的游说又令人作呕
清净无为的哲人生活，我无法做到
逍遥自在的隐士风范，我难以效法

世间万物，只要是生命
终有结束自己的那一天
也许死亡并不可怕
只是我们将它想象得过于复杂
如果我的死，能使他们幡然醒悟
那我就死得其所

所有能挽救楚国的方法
我已反复地思量并上下求索
可是楚国还是顺着滑梯下坡
我爱我们的大美河山
我爱我们的万千百姓

……

如果楚国能够一统天下
即使有一丝希望，那我也义无反顾

现在，除了写诗，除了身躯
我已一无所有
然而写诗又有什么用
只是无用之用罢了
于是我唯有痛苦的身躯

然而，郢都已落入他人之手
新王又仓皇逃走
看来我只有效法彭咸另寻出路
……

天地还是原来的天地
长江还是原来的长江
郢都破，楚国亡
秦汉之后是隋唐
茫茫汨罗江畔
唯有行人代代不已
唯有歌声袅袅不绝
荆湘大地上，一个屈子与一条汨罗
就是一片汪洋大海
就是一个绚烂世界

四、乱曰

屈子走了，但他的精神却生生不息
在汨罗江与洞庭湖
在长江黄河的每条支流
在赤县神州的每个角落
他用一颗丹心与宝贵的生命
他用一腔热血与满怀的赤诚
引领着一个个气贯长虹的时代骄子
激励着一代代忠贞爱国的民族脊梁

2020 年 1 月 10 日　延安

73 白 云

是谁把羊群
赶上了天空

看来在天上
也有一个喜欢放牧的孩子

2020 年 6 月 20 日　延安

74 早起的鸟儿

黎明，鱼肚白已经露出
山村与田野已经饱食了夏雨的馈赠
只有最后的几颗星还在回忆着夜的温情

窗外早起的鸟儿，此起彼伏
婉转的歌儿声声不已
远处是布谷
更远处是鹧鸪
还有些淡淡的烟雾正眷恋着山谷

2020 年 6 月 18 日　延安

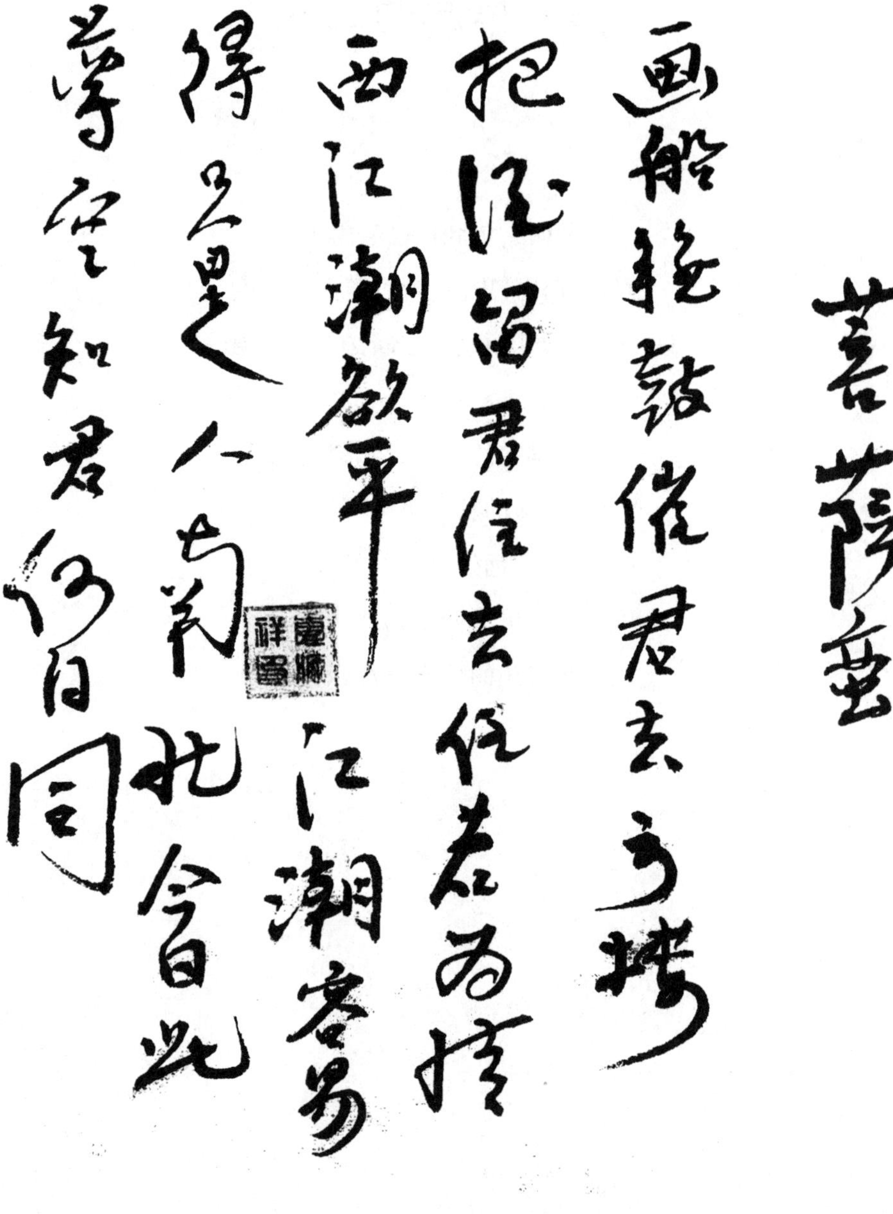

三羊河书法8

75 赎　救

拿什么来赎救我
这一具俗不可耐的肉体

拿什么来维系我
这一颗不甘落寞的雄心

拿什么来抚慰我
这一个痛苦不安的灵魂

2020 年 6 月 21 日　延安

76　一条河流的疑惑

告诉我
前方的路还有多远

告诉我
光阴的河可否停留

其实，这样的疑惑甚是无理
没有一个人的河流可停滞不前

既是生命
就应该皈依自然

2020 年 6 月 22 日　延安

77 理 想

理想
是一颗破土的种子
是一朵诱人的花朵
是一片远方的江海
是一个无极的宇宙
……

但
如果她睡着了
就什么都不是

2020 年 6 月 22 日　延安

78 岩 浆

每天
有无数的欲望
如地下的岩浆

它们涌动于我的体内
充满了我的心脏
甚至蔓延到我灵魂的
每一个神经末梢

有时
我真担心它们会骤然爆发
将我毁灭得
荡然无存

2020 年 6 月 22 日　延安

79 明 天

明天

也许就是明天

我所期待的花儿就会开放

不过

无论如何艰难

今天也不可以忘记给它浇水、施肥

2020 年 6 月 30 日　延安

80 愧疚

一想起父亲
我就觉得自己是个罪人
是我让父亲吃了那么多苦

如今，他已七十有五
仿佛一条即将干涸的江流
又像是一支风中的蜡烛

而我
就像一棵稚嫩的小树
挣扎于河流中
飘摇在风雨里
满树都是无限的愧疚
满树又是无限的感激

2020 年 7 月 3 日　延安

81 云

喜欢云儿自在潇洒的样子

无论何时

都是一副镇定从容的姿态

如果一定要在这纷繁的世间择师

我会毫不犹豫地选择

这位吞吐万物、洞悉一切的自然哲人

2020 年 7 月 8 日　延安

82 三 行

战国已经不在，楚国更是作古

但是两千余年

一个高洁伟岸的身影却始终如故，在汨罗

2020 年 7 月 11 日　延安

83　天边的云

天边的雨下了又霁

天边的云聚了又散

哦

年轻的人呀

何时才能抚慰你

那一颗漂泊的心

2020 年 7 月 5 日　延安

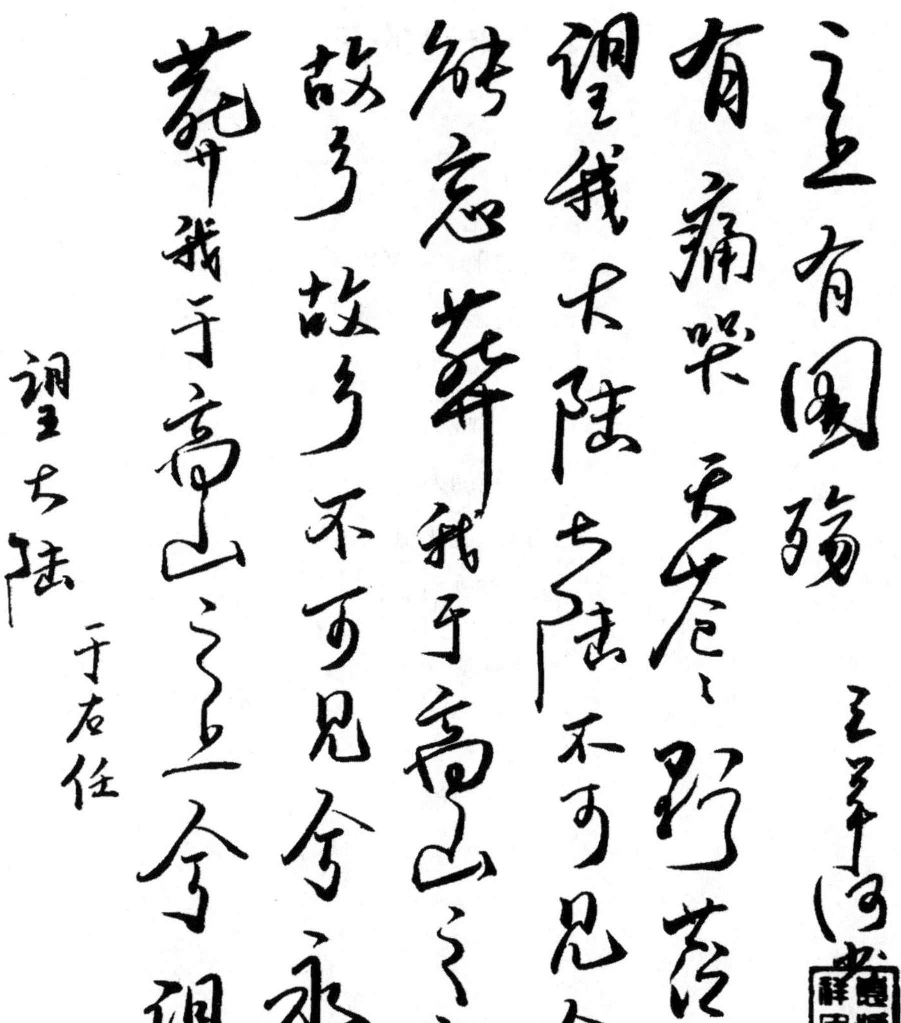
葬我于高山之上兮
望我大陆
大陆不可见兮
只有痛哭
葬我于高山之上兮
望我故乡
故乡不可见兮
永不能忘
天苍苍
野茫茫
山之上
有国殇
望大陆
于右任
三羊河书

三羊河书法 9

84　盛夏的午后

午后

燥热的天气忽然变得温柔起来

窗外层层的槐叶

在轻风吹拂下翠绿得更加可爱

青山无语，群鸟不言

天空渐渐阴沉下来

……

一切如此静穆

屋下的小狗最是纳罕

为什么暴风雨迟迟不来

2020 年 5 月 15 日　延安

85　初秋之夜

幽邃的天空如同蔚蓝深海
白云朵朵，好似冬日的冰凌
远山像一具具铁的兽脊
树木给它披上温柔的外衣

这个时候
最具温情的要数蛐蛐
它们正歪着脑袋倾情演奏
陶醉于静谧的夜晚

你听
这清流般柔缓悠然的旋律
仿佛是在迎接这久违的秋季
又像在涤荡这喧嚣的尘俗

2020 年 8 月 11 日　延安

附录

86 每个人都是一个世界

一

死亡与爱情，是人类生活的两大主题。死亡可以让人眷恋人生，而爱情可以让人忘却生命！

二

看一回《三国演义》，总会有一些收获。这次的感受便是：性格决定命运。那么像我这样的性格，会有怎样的命运？

三

每个人都希望别人能了解自己。但是，这种希望甚是渺茫，因为“别人”也是这么想的，他未必会想到你！

四

很多人都是这样活着，看似活在新的一天里，其实他还是在昨天！

他的生活并无新意，他所做的只是在复制昨天，复制一个又一个昨天，然后美其名曰，今天与明天！

现在，我就是这样的一个人！

五

世俗是一堵墙。

你如果顺着他们留下的门出入，那你就很难有月下幽会与豁然开朗的那一天。

六

帕斯卡尔有言：人是能思想的芦苇！芦苇本小，却因思想伟大了起来！人因梦想而伟大……

七

人在绝境之中，最怕的是心已屈服。譬如，吕布被曹操围困于白门楼！

八

你爱什么样的人，这受价值取向的影响。金钱，名誉，美色，权力，情义，事业，宗教，真理……？

人海茫茫，但其类可究！

九

你要采撷质地精纯的玉石，就要使你那颗心也保持一定的纯度！

大地呈现给我们的是黄土，有人却提炼出了各色的矿物；生活展现给我们的是琐碎，我们是不是也该有所收获？

2013 年 2 月 10 日　延安

87 九辩：你就是风景

情缘

在乎你的人，自会为你在心中留一个位置，不需要你向她索要什么；

不要刻意让别人喜欢你，你要做的应该是丰富你自己……

要知道：这个世界上，真正爱你的人并不多，要真诚地对待每一个人，即使你并不爱他。

修养

良好的修养犹如春天的细雨，轻柔，甜美，而又润人心田！

一个人修养如何，就看他实在无事可干时，选择什么样的方式消遣。

有钱

有人说，有钱就有了一切。

但是，等真正有钱时，你会发现：你拥有的并不是一切！你总觉得自己缺少的还有很多，很多，这叫欲壑难填……

事实上，你缺少的确实还有很多，很多，因为有钱也并不会让你拥有一切！那只是一种错觉……

婚姻

有人说，先成家，后立业；有人说，先立业，后成家。

在我看来，婚姻的早晚，关键在于你自己是什么季节的草木。

人的成长犹如植物的生长，有的草木在春天开花，有的在夏天开花，有的在秋天开花，也有的在冬天开花！

是什么样的草木，就把花开在什么样的季节里……

毁誉

《笑傲江湖》中，冲虚道长与少林方丈谈话说：“境界自在你心中，任何人不能为你增一分，减一色！”

我想，这与毁誉相似。从本质上讲，别人对你的过度的毁与誉，并不能使你增减一分。

我做了一件事，也许有人说，你与伟人一样有本领；也许有人说，你就是个驴粪蛋。

可我心里明白，我既不是伟人，也不是驴粪蛋，我只是我自己！

眼光

能否准确地评判你所认识的每一个人，就看你有没有眼光。

眼光的长短预示着未来。智者，必定有一颗豁达的心，一双透亮的眼！

梦想

鲁迅先生有篇文章题目是《为了忘却的记念》。记得以前，我曾无数次地告诫自己：不可忘却自己的梦！

最近以来，这种危机正一日甚过一日。越是这样地告诫自己，感觉自己和梦的距离就越远！

世俗

说起艺术家，一般人总是既崇敬又鄙夷，以为他们都是一些不切实际、好高骛远的空想者。

当其未成名或身处你所在的时代时，鄙夷；当其声名大振或不在人世时，又崇敬。

所以，当你对一群人说，你要当一名厨师或匠人时，人们会赞赏你踏实上进；当你对一群人说，你要当一名艺术家时，人们会觉得你不切实际。

然而，这就世俗了！一个伟大的艺术家，首先是一位高明的鉴赏者，其次是一位苦难的忍耐者，而后才是一位艺术的创造者。

事业

许多所谓的成功人士，常对后辈说，人生应该这样，或人生应该那样。

然而，这可信吗？这只是他们的人生。他们的目标是成为长江。

假如，你的目标是黄河，或一棵大树呢？那么，也能像他们说的这样或那样吗？

一定要记得，不管目标是黄河、大树或者小草，你就是风景！

2013 年 7 月 27 日　延安

88　星空之下的迷惘

一

寄居城市，我和邻居住在同一楼层已六年之久。

可是一年之中我们碰面的次数却超不出一只手。

总觉得大家都很忙碌，问候的话也超不过两句，听得最多的是相互的关门声，更别提如乡间邻里那样建立起深厚的情谊。

有时我总有一种淡淡的悲哀：我们似乎真的生活在一座又一座孤岛。

随着现代化进程的日益加剧，越来越多的人早就躲进小楼，躲进了一块块钢筋水泥的方格里；渐渐地成为一个或半个隐士，过着看似风光无限实则辛酸难尽的都市生活。

在一座座城市和一个个街区，每个人有无数的邻居，但又没有一个邻居。

所谓的邻居，早已近似于老死不相往来的境界。

二

临近除夕的一个夜晚，我和儿子解衣入被，已是十点钟。可是一小时马上过去了，儿子还沉浸在白天玩闹的欢乐里，翻来覆去，毫无睡意，两眼睁得清澈明亮。

他突然问我："爸爸，天快亮了没有？"

我很是震撼：我们还没有睡着，他就想着明天的事。

是的，在孩子的心中，明天就是一个全新的世界，不知道多么美好灿烂，不知道多么欢乐有趣！

然而我又很是惭愧，惭愧的是我已丧失了孩子那种纯真自然的心智，已渐渐地失去了思忖明天的能力，已渐渐地抛弃了渴望明天的梦想！

岁月蹉跎，天下纷攘。有时，我们活得还不如一个小孩！

三

我梦见自己是地下的岩浆。

可事实上就是一只热锅上的蚂蚁。

每天总有新的痛苦萦绕心头。

似乎不该如此碌碌无为，然而又寻不出新的出路。

于是唯有痛苦，唯有沉默……唯有不停奔走！

不在沉默中爆发，就在痛苦中灭亡！

四

清晨推窗，一场春雨悄然而至。

含情脉脉，润物无声；这样细腻轻柔，如此温暖人心。

像一个多情的少女，似一杯甘甜的美酒。

但是，我要说：善良而无私的春雨啊，世间的许多人活得远没有你这样的高尚、坦然，而我就是其中之一！

五

小时候，故乡就是门前的几棵树与脚下的一片土。

一心想着什么时候能到山的那边去看看。变为谷底的溪流和天上的云，成了我的梦想。

后来，我真的变成了谷底的溪流和天上的云。

自从离开故乡就丢掉了根。

这些年，为了所谓的生活，我四处奔忙。

不知从何时起，我早已将故乡馈赠的东西，抖落得一干二净。然而她对我的呵护却依然如故。

我深感愧疚，这些年我竟是如此的薄情寡义。

是的，一个人什么都可以忘记，唯一不能忘记的就是自己的根。

如今，她早已成为我心中的一片海，成为我魂牵梦绕的初恋，以及那铭心刻骨的温柔！

六

在世间无我之时，我可能是宇宙的一滴雨露，或者尘埃之光，或者一无所是……我不得而知。

也许就是这雨露与尘光的偶然，使世间在我的眼前与脑海万象纷呈、昙花一现。

一个个生命是一颗颗星辰，或光芒闪耀，或摇摇欲坠，在无法预知的某一个未来。

正如世间无我之时，终有一天，世间已不再有我，归于雨露，归于尘土；或者一无所是……我不得而知。

星河茫茫而混沌无极。

我和宇宙都从容不迫，仿佛我们从来就不曾相识！

2020年2月28日　延安

太阳落山的地方

记得小时候，每到冬尽春来、冰雪消融之际，我们家乡的坡底总有一条细细的河流。

它发源于村子尽头西边一座最高的山中，那里是太阳落山的地方。到了夏日的黄昏，绚丽的晚霞染遍了大半个天空，有时犹如万马奔腾，狂放不羁；有时犹如浩浩汤汤的江水，一泻汪洋。这时山上的草木浓郁茂密、青翠碧绿，甚是可爱，像白居易诗中描绘的那样，“半江瑟瑟半江红”。

山麓的泉眼虽多，但是向阳的一面只有一个，所以汇成的河流十分细弱，流得也十分艰难。四季轮回中，它时断时续，若有似无，给人一种缥缈不定的感觉。

茫茫的高原上，沟壑连绵，黄土厚重，偶尔在村庄聚集的地方，才有一些高大的树木。然而只要小溪流过的地方，就一定有别样的风景。或汇成一汪水塘，或长出茂盛的水草，或开出许多迷人的小花，有时还招来许多爱美的蜂蝶，还有许多神秘可爱的动物。

……

这些都与我们的梦如此相似！

当然，最重要的是，小溪流过之处是我们小孩的最爱。很快，几个伙伴就不约而同地聚在一起，有的在溪边捏起了泥人，大的小的，各种姿态，有模有样；有的用土块垒起了一堵高高的围墙，挡住小溪的去路；有的干脆撸起衣袖，在小溪中央用手挖出一个大大的坑，然后再摸几只蝌蚪。如果把它们的妈妈也请来让它们团聚，那就再好不过了；还有的光着脚丫立于小溪边缘，踩着软泥，顷刻间脚下的软泥便油光可鉴，光光滑滑，此起彼伏……

因为天气的缘故，夏天的小溪时刻都有干涸的危险，但如果遇到暴雨就变成了山洪，泥沙俱下。大雨过后，小溪流过的地方，自然到处淤泥，一片狼藉。再过些时日，就完全成了龟裂的“瓦片”，这往往是持续干旱的标志。

到了收获的季节，人们似乎都忽略了小溪的存在，因为满山遍野的庄稼翘首以盼，等着人们去收割呢。小溪哪里去了？或许都变成了庄稼人额头上的汗水了吧。不过也有可能藏在了每一粒饱满的豆谷之中！

落雪的日子，小溪流过的地方更是我们孩子的最爱。它会摇身一变，变成我们天然的溜冰场。于是我们会尽情地滑冰、堆雪人、打雪仗。虽然只有半亩方塘，但是这足以让我们一颗颗稚嫩的童心感到欣慰……

年复一年，就这样不知不觉间，我们渐渐长大了，有人依然守护着小溪，有人开始嫌弃小溪，有人选择了离开小溪……但谁也说不准，或许是他们在以另一种方式爱着小溪呢！

一代又一代，祖辈就在这小溪流过的地方，披荆斩棘，摸爬滚打，沥尽心血，生老病死，种下了无数的梦想，燃起了无数的希望，最终又将这一生的悲喜都交付给大地。

那么，我呢？我的童年、少年呢？

我的同伴们呢？还有我的父老乡亲们呢？

如今我已长大成人，可是故乡的小溪却不见了，现在它变为只有河床的断流河。如今我早已看不见它的身影。还有陕北的许多河流，几乎都是这样。这真是令人神伤，令人担忧！

哦，我的小溪，还有祖辈们，你们哪里去了？我是真心希望把你们追寻啊！

诗人顾城曾说：“穷，有个凉凉的鼻尖。”这些年，为了所谓的生活，我有过许多彷徨，也有过诸多苦痛，不断地在困境中挣扎。可是比起我的父母所受的苦难，这真是微乎其微。一想到这里，我的心底又充满了力量。

屈原放逐，乃赋《离骚》；太白受挫，方出《蜀道难》；东坡被贬，抒写《赤壁赋》；鲁迅彷徨，成就《野草》……

据说诗歌是痛苦的产物。但不论如何，她已经是我生命中重要的朋友之一，写作也成了我成长过程中一种必要的生活方式，我以极其严肃认真的态度来对待文学，正如对待我的父亲母亲和这片黄土地一样！

很难说文学是有用还是无用的，或者根本就不该有这样的问题。

优秀的作家是用作品来说话的。我算不上什么作家，更谈不上优秀，顶多是黄土崖边一棵小小的酸枣树，或者是家乡谷底一条细细的小溪流。文字的技巧也很笨拙，谈不上高超。因此，我只能用真情来说话。

我所写下的每一个字，都是我的一些所见所感、所悟所得。对他人而言，也许这些文字有如喃喃自语、痴人说梦。但即使是喃喃自语、痴人说梦吧，至少可以反映我的某种思绪，可以见证我的心路历程；或者说明我还不甘落寞，对我与家国、对我与脚下这片土地、对我与这个世界，都曾有过困惑，有过探索；或者说这就是种梦的过程吧！

两千多年前，我们伟大的浪漫主义诗人屈原，似乎就是一个种梦的诗人。

你看，这是多么优美凝练而又发人深省的诗句："日月忽其不淹兮，春与秋其代序。惟草木之零落兮，恐美人之迟暮！"

太阳落山的地方，
就有梦想，
就是梦想栖息的地方。

再小的河流，
只要心中有梦，
便值得铭记，
便不枉一生！

惠源祥

2023 年 4 月 21 日夜，延安大学杨家岭校区